_____ 님께 이 책을 드립니다.

김용택의
꼭 한번 필사하고 싶은
시

어쩌면 별들이
너의 슬픔을
가져갈지도 몰라

어쩌면 별들이 너의 슬픔을 가져갈지도 몰라

초판 1쇄 발행 2015년 6월 4일 **초판 120쇄 발행** 2024년 7월 29일

지은이 김용택
펴낸이 최순영

출판1 본부장 한수미
와이즈 팀장 장보라

펴낸곳 ㈜위즈덤하우스 **출판등록** 2000년 5월 23일 제13-1071호
주소 서울특별시 마포구 양화로 19 합정오피스빌딩 17층
전화 02) 2179-5600 **홈페이지** www.wisdomhouse.co.kr

ⓒ 김용택, 2015

ISBN 978-89-5913-930-9 03810

감성치유
라이팅북

김용택의
꼭 한번 필사하고 싶은
시

어쩌면 별들이
너의 슬픔을
가져갈지도 몰라

위즈덤하우스

작가의 말

누구나 눈물 한 말 한숨 한 짐씩 짊어지고
밤하늘의 별들 사이를 헤매며 산다.
시인이 만들어놓은 세상을 따라가다 보면
시가 헤매는 우리 마음을 잡아줄지도 모른다.
어쩌면 밤하늘의 저 별들이
내 슬픔을 가져갈지도 모른다.

2015년 초여름 김용택

손으로 읽고 마음으로 새기는 감성치유 라이팅북

**김용택의 꼭 한번 필사하고 싶은 시
《어쩌면 별들이 너의 슬픔을 가져갈지도 몰라》를 소개합니다.**

이 책에는 김용택 선생님이 직접 읽고 써보며 '독자들도 꼭 한번 필사해보길 바라는 마음으로 엄선한 91편의 시'와 독자들이 뽑은 '써보고 싶은 김용택 선생님의 시 10편', 총 101편의 시가 실려 있습니다.

김용택 선생님이 뽑아준 좋은 시를 읽고 음미하는 것으로도 좋지만, 왼쪽 페이지에 있는 시의 원문을 오른쪽 페이지에 마련된 여백에 직접 따라 써보세요. 살면서 꼭 한번 필사하면 좋은 시들을 읽으며 아름다운 시어를 한 자 한 자 써보면, 내면의 소리에 귀를 기울이고 마음의 평화를 찾아주는 시간을 가질 수 있을 테니까요.

● **각 부의 제목**
  김용택 시인의 〈붉은 깃털의 새떼〉, 〈키스를 원하지 않는 입술〉, 〈그래서 당신〉의 시구를 인용했습니다. 부 제목도 그냥 지나치지 말고 따라 써보세요.

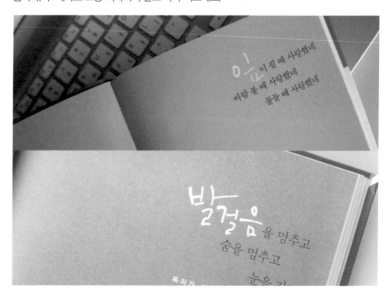

- 1부 "잎이 필 때 사랑했네, 바람 불 때 사랑했네, 물들 때 사랑했네"

  한없이 행복했다가도 그저 달콤하지만은 않은 사랑의 시간을 담았습니다. 지나간 누군가가 그리울 때 꼭 한 번 적어보세요.

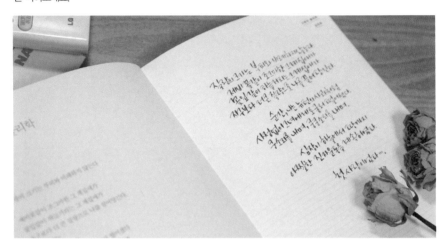

- 2부 "바람의 노래를 들을 것이다, 울고 왔다 웃고 갔을 인생과 웃고 왔다 울고 갔을 인생들을"

  자연을 노래하는 시와 함께 생의 수많은 감정을 매만져주는 시로 엮었습니다. 바람이 부는 날, 꼭 한번 펼쳐보세요.

- 3부 "바람이 나를 가져가리라, 햇살이 나를 나누어 가리라, 봄비가 나를 데리고 가리라"
  삶의 길을 터주고 희망과 용기를 북돋아 주는 메시지를 모았습니다. 지치고 힘들 때 꼭 한번 써보세요.

- 4부 "발걸음을 멈추고 숨을 멈추고 눈을 감고"
  독자가 사랑하는 김용택 시인의 시 10편을 모아 수록했습니다. 따라 쓰다 보면 마음이 따뜻해지는 시들로 꼭 한번 감성치유 라이팅북의 참모습을 발견해보세요.

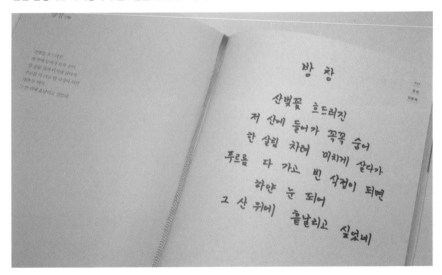

차례

작가의 말
감성치유 라이팅북 가이드

꽃이 필 때 사랑했네
바람 불 때 사랑했네
물들 때 사랑했네

바람의 노래를 들을 것이다
울고 왔다 웃고 갔을 인생과
웃고 왔다 울고 갔을 인생들을

햇살 바람이 나를 가져가리라
이 나를 나누어 가리라
봄비가 나를 데리고 가리라

발걸음을 멈추고
숨을 멈추고
눈을 감고

독자가 사랑하는 김용택의 시 10

잎이 필 때 사랑했네
바람 불 때 사랑했네
물들 때 사랑했네

사랑의 물리학

김인육

질량의 크기는 부피와 비례하지 않는다

제비꽃같이 조그마한 그 계집애가
꽃잎같이 하늘거리는 그 계집애가
지구보다 더 큰 질량으로 나를 끌어당긴다.
순간, 나는
뉴턴의 사과처럼
사정없이 그녀에게로 굴러 떨어졌다
쿵 소리를 내며, 쿵쿵 소리를 내며

심장이
하늘에서 땅까지
아찔한 진자운동을 계속하였다
첫사랑이었다.

사랑의 물리학

김인육

백 년

이병률

백 년을 만날게요
십 년은 내가 다 줄게요
이십 년은 오로지 가늠할게요
삼십 년은 당신하고 다닐래요
사십 년은 당신을 위해 하늘을 살게요
오십 년은 그 하늘에 씨를 뿌릴게요
육십 년은 눈 녹여 술을 담글게요
칠십 년은 당신 이마에 자주 손을 올릴게요
팔십 년은 당신하고 눈이 멀게요
구십 년엔 나도 조금 아플게요
백 년 지나고 백 년을 한 번이라 칠 수 있다면
그럴 수 있다면 당신을 보낼게요

와락

정끝별

반 평도 채 못되는 네 살갗
차라리 빨려들고만 싶던
막막한 나락

영혼에 푸른 불꽃을 불어넣던
불후의 입술
천번을 내리치던 이 생의 벼락

헐거워지는 너의 팔 안에서
너로 가득 찬 나는 텅 빈,

허공을 키질하는
바야흐로 바람 한자락

초승달

김경미

얇고 긴 입술 하나로
온 밤하늘 다 물고 가는
검은 물고기 한 마리

외뿔 하나에
온 몸 다 끌려가는 검은 코뿔소 한 마리

가다가 잠시 멈춰선 검정고양이
입에 물린
생선처럼 파닥이는
은색 나뭇잎 한 장

검정 그물코마다 귀 잡힌 별빛들

나도 당신이라는 깜깜한 세계를
그렇게 다 물어 가고 싶다

초승달

김경미

지평선

막스 자콥

그녀의 하얀 팔이
내 지평선의 전부였다

눈

김소월

새하얀 흰 눈, 가비얍게 밟을 눈,
재 같아서 날릴 꺼질 듯한 눈,
바람엔 흩어져도 불길에야 녹을 눈.
계집의 마음. 임의 마음

나와 나타샤와 흰 당나귀

백석

가난한 내가
아름다운 나타샤를 사랑해서
오늘밤은 푹푹 눈이 나린다

나타샤를 사랑은 하고
눈은 푹푹 날리고
나는 혼자 쓸쓸히 앉어 소주를 마신다
소주를 마시며 생각한다
나타샤와 나는
눈이 푹푹 쌓이는 밤 흰 당나귀 타고
산골로 가자 출출이 우는 깊은 산골로 가 마가리에 살자

눈은 푹푹 나리고
나는 나타샤를 생각하고
나타샤가 아니 올 리 없다
언제 벌써 내 속에 고조곤히 와 이야기한다
산골로 가는 것은 세상한테 지는 것이 아니다
세상 같은 건 더러워 버리는 것이다

눈은 푹푹 나리고
아름다운 나타샤는 나를 사랑하고
어데서 흰당나귀도 오늘밤이 좋아서 응앙응앙 울을 것이다

나와 나타샤와 흰 당나귀

백석

꽃이 예쁜가요, 제가 예쁜가요

이규보

진주 이슬 머금은 모란꽃을
새색시 꺾어들고 창가를 지나네
빙긋이 웃으며 신랑에게 묻기를
꽃이 예쁜가요, 제가 예쁜가요
짓궂은 신랑 장난치기를
꽃이 당신보다 더 예쁘구려
꽃이 더 예쁘단 말에 토라진 새색시
꽃가지를 밟아 뭉개고는
꽃이 저보다 예쁘거든
오늘 밤은 꽃과 함께 주무세요

꽃이 예쁜가요, 제가 예쁜가요

이규보

낮은 목소리

장석남

더 작은 목소리로
더 낮은 목소리로, 안 들려
더 작은 목소리로, 안 들려, 들리질 않아
더 작은 목소리로 말해줘
라일락 같은 소리로
모래 같은 소리로
풀잎으로 풀잎으로
모래로 모래로
바가지로 바가지로
숟가락으로 말해줘
더 작은 목소리로 말해줘
내 사랑, 더 낮은 소리로 말해줘
나의 귀는 좁고
나의 감정은 좁고
나의 꿈은 옹색해
큰 소리는 들리지 않는데
너의 목소린 너무 크고 크다
더더 낮고 작은 목소리로 들려줘
저 폭포와 같은 소리로,
천둥으로,
그 소리로

033

낮은 목소리

장석남

사랑의 증세

로버트 그레이브스

사랑은 온몸으로 퍼지는 편두통
이성을 흐리게 하며
시야를 가리는 찬란한 얼룩.
진정한 사랑의 증세는
몸이 여위고, 질투를 하고,
늦은 새벽을 맞이하는 것.
예감과 악몽 또한 사랑의 증상,
노크 소리에 귀를 기울이고
무언가 징표를 기다리는….
용기를 가져라, 사랑에 빠진 이여!
그녀의 손이 아니라면
그대 어찌 그 비통함을 견딜 수 있으랴?

사랑의 증세

로버트 그레이브스

경쾌한 노래

폴 엘뤼아르

나는 앞을 바라보았네
군중 속에서 그대를 보았고
밀밭 사이에서 그대를 보았고
나무 밑에서 그대를 보았네.

내 모든 여정의 끝에서
내 모든 고통의 밑바닥에서
물과 불에서 나와
내 모든 웃음소리가 굽이치는 곳에서

여름과 겨울에 그대를 보았고
내 집에서 그대를 보았고
내 두 팔 사이에서 그대를 보았고
내 꿈속에서 그대를 보았네.

나 이제 그대를 떠나지 않으리.

경쾌한 노래

폴 엘뤼아르

농담

이문재

문득 아름다운 것과 마주쳤을 때
지금 곁에 있으면 얼마나 좋을까 하고
떠오르는 얼굴이 있다면 그대는
사랑하고 있는 것이다

그윽한 풍경이나
제대로 맛을 낸 음식 앞에서
아무도 생각하지 않는 사람
그 사람은 정말 강하거나
아니면 진짜 외로운 사람이다

종소리를 더 멀리 내보내기 위하여
종은 더 아파야 한다

아침 식사

자크 프레베르

그이는 잔에 커피를 담았지
그이는 커피잔에 우유를 넣었지
그이는 우유 탄 커피에 설탕을 탔지
그이는 작은 숟가락으로 커피를 저었지
그이는 커피를 마셨지
그리고 잔을 내려 놓았지
내겐 아무 말 없이

그이는 담배에 불을 붙였지
그이는 연기로 동그라미를 만들었지
그이는 재떨이에 재를 털었지
내겐 아무 말 없이

그이는 나를 보지도 않고 일어났지
그이는 머리에 모자를 썼지
그이는 비옷을 입었지
비가 내리고 있었기에
그리고 그이는 빗속으로 떠나버렸지
말 한마디 없이 나는 보지도 않고
그래 나는 두 손에
얼굴을 묻고 울어 버렸지

아침 식사

자크 프레베르

남해 금산

이성복

한 여자 돌 속에 묻혀 있었네
그 여자 사랑에 나도 돌 속에 들어갔네
어느 여름 비 많이 오고
그 여자 울면서 돌 속에서 떠나갔네
떠나가는 그 여자 해와 달이 끌어주었네
남해 금산 푸른 하늘가에 나 혼자 있네
남해 금산 푸른 바닷물 속에 나 혼자 잠기네

선운사에서

최영미

꽃이
피는 건 힘들어도
지는 건 잠깐이더군
골고루 쳐다볼 틈 없이
님 한번 생각할 틈 없이
아주 잠깐이더군

그대가 처음
내 속에 피어날 때처럼
잊는 것 또한 그렇게
순간이면 좋겠네

멀리서 웃는 그대여
산 넘어 가는 그대여

꽃이
지는 건 쉬워도
잊는 건 한참이더군
영영 한참이더군

선운사에서

최영미

그리움

신달자

내 몸에 마지막 피 한 방울
마음의 여백까지 있는 대로
휘몰아 너에게로 마구잡이로
쏟아져 흘러가는
이 난감한
생명 이동

소세양 판서를 보내며

황진이

달빛 아래 오동잎 모두 지고
서리 맞은 들국화 노랗게 피었구나
누각은 높아 하늘에 닿고
오가는 술잔은 취하여도 끝이 없네
흐르는 물은 거문고와 같이 차고
매화는 피리에 서려 향기로워라
내일 아침 님 보내고 나면
사무치는 정 물결처럼 끝이 없으리

당신의 눈물

김혜순

당신이 나를 스쳐보던 그 시선
그 시선이 멈추었던 그 순간
거기 나 영원히 있고 싶어
물끄러미
물
꾸러미
당신 것인 줄 알았는데
알고 보니 내 것인
물 한 꾸러미
그 속에서 헤엄치고 싶어
잠들면 내 가슴을 헤적이던
물의 나라
그곳으로 잠겨서 가고 싶어
당신 시선의 줄에 매달려 가는
조그만 어항이고 싶어

당신의 눈물

김혜순

봄은 고양이로다

이장희

꽃가루와 같이 부드러운 고양이의 털에
고운 봄의 향기가 어리우도다.

금방울과 같이 호동그란 고양이의 눈에
미친 봄의 불길이 흐르도다.

고요히 다물은 고양이의 입술에
포근한 봄졸음이 떠돌아라.

날카롭게 쭉 뻗은 고양이의 수염에
푸른 봄의 생기가 뛰놀아라.

봄은 고양이로다

이장희

미라보 다리

기욤 아폴리네르

미라보 다리 아래 센 강이 흐르고
우리 사랑도 흐르는데
나는 기억해야 하는가
기쁨은 언제나 슬픔 뒤에 온다는 것을

밤이 오고 종은 울리고
세월은 가고 나는 남아 있네

서로의 손잡고 얼굴을 마주하고
우리들의 팔로 엮은
다리 아래로
영원한 눈길에 지친 물결들 저리 흘러가는데

밤이 오고 종은 울리고
세월은 가고 나는 남아 있네

미라보 다리

기욤 아폴리네르

사랑이 가네 흐르는 강물처럼
사랑이 떠나가네
삶처럼 저리 느리게
희망처럼 저리 격렬하게

밤이 오고 종은 울리고
세월은 가고 나는 남아 있네

하루하루가 지나고 또 한 주일이 지나고
지나간 시간도
사랑도 돌아오지 않네
미라보 다리 아래 센 강이 흐르고

밤이 오고 종은 울리고
세월은 가고 나는 남아 있네

미라보 다리

기욤 아폴리네르

푸른 밤

나희덕

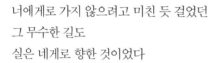

너에게로 가지 않으려고 미친 듯 걸었던
그 무수한 길도
실은 네게로 향한 것이었다

까마득한 밤길을 혼자 걸어갈 때에도
내 응시에 날아간 별은
네 머리 위에서 반짝였을 것이고

내 한숨과 입김에 꽃들은
네게로 몸을 기울여 흔들렸을 것이다

사랑에서 치욕으로,
다시 치욕에서 사랑으로,
하루에도 몇 번씩 네게로 드리웠던 두레박

그러나 매양 퍼올린 것은
수만 갈래의 길이었을 따름이다

푸른 밤

나희덕

은하수의 한 별이 또 하나의 별을 찾아가는
그 수만의 길을 나는 걷고 있는 것이다

나의 생애는
모든 지름길을 돌아서
네게로 난 단 하나의 에움길이었다

푸른 밤

나희덕

세월이 가면

박인환

지금 그 사람의 이름은 잊었지만
그의 눈동자 입술은
내 가슴에 있어

바람이 불고
비가 올 때도
나는 저 유리창 밖
가로등 그늘의 밤을 잊지 못하지

사랑은 가고
과거는 남는 것
여름날의 호숫가 가을의 공원
그 벤치 위에
나뭇잎은 떨어지고
나뭇잎은 흙이 되고
나뭇잎에 덮여서
우리들 사랑이 사라진다 해도
지금 그 사람의 이름은 잊었지만
그의 눈동자 입술은
내 가슴에 있어
내 서늘한 가슴에 있건만

세월이 가면

박인환

그대는 나의 전부입니다

파블로 네루다

그대는
해질 무렵
붉은 석양에 걸려 있는
그리움입니다
빛과 모양 그대로
내가 가장 좋아하는 구름입니다

그대는 나의 전부입니다
부드러운 입술을 가진 그대여,
그대의 생명 속에는
나의 꿈이 살아 있습니다
그대를 향한
변치 않는 꿈이 살아 숨 쉬고 있습니다

사랑에 물든
내 영혼의 빛은
그대의 발밑을
붉은 장밋빛으로 물들입니다

그대는 나의 전부입니다

파블로 네루다

오, 내 황혼의 노래를 거두는 사람이여,
내 외로운 꿈속 깊이 사무쳐 있는
그리운 사람이여,
그대는 나의 전부입니다
그대는 나의 모든 것입니다

석양이 지는 저녁
고요히 불어오는 바람 속에서
나는 소리 높여 노래하며
길을 걸어갑니다

사랑하는 그대여,
내 영혼은

그대의 슬픈 눈가에서 다시 태어나고
그대의 슬픈 눈빛에서 다시 시작됩니다

그대는 나의 전부입니다

파블로 네루다

수양버들 공원에 내려가

윌리엄 예이츠

수양버들 공원에 내려가 내 사랑과 나는 만났습니다
그녀는 눈처럼 흰 귀여운 발로 버들 공원을 지나갔습니다
나뭇잎 자라듯 쉽게 사랑하라고 그녀는 내게 말했지만
나는 젊고 어리석어 곧이듣지 않았습니다

들녘 강가에서 내 사랑과 나는 서 있었고
내 기운 어깨 위에 그녀는 눈처럼 흰 손을 얹었습니다
둑 위에 풀 자라듯 쉽게 살라고 그녀는 내게 말했지만
나는 젊고 어리석었던 탓 지금은 눈물이 넘칩니다

수양버들 공원에 내려가

윌리엄 예이츠

사랑법

강은교

떠나고 싶은 자
떠나게 하고
잠들고 싶은 자
잠들게 하고
그리고도 남는 시간은
침묵할 것.

또는 꽃에 대하여
또는 하늘에 대하여
또는 무덤에 대하여

서둘지 말 것
침묵할 것.

사랑법

강은교

그대 살 속의
오래 전에 굳은 날개와
흐르지 않는 강물과
누워 있는 누워 있는 구름,
결코 잠 깨지 않는 별을

쉽게 꿈꾸지 말고
쉽게 흐르지 말고
쉽게 꽃피지 말고
그러므로

실눈으로 볼 것
떠나고 싶은 자
홀로 떠나는 모습을
잠들고 싶은 자
홀로 잠드는 모습을

가장 큰 하늘은 언제나
그대 등 뒤에 있다.

사랑법

강은교

여름밤의 풍경

노자영

새벽 한 시 울타리에 주렁주렁 달린 호박꽃엔
한 마리 반딧불이 날 찾는 듯 반짝거립니다
아, 멀리 계신 님의 마음 반딧불 되어 오셨읍니까
삼가 방문을 열고 맨발로 마중 나가리다

창 아래 잎잎이 기름진 대추나무 사이로
진주같이 작은 별이 반짝거립니다
당신의 고운 마음 별이 되어 날 부르시나이까
자던 눈 고이 닦고 그 눈동자 바라보리다

후원 담장 밑에 하얀 박꽃이 몇 송이 피어
수줍은 듯 홀로 내 침실을 바라보나이다
아, 님의 마음 저 꽃이 되어 날 지키시나이까
나도 한 줄기 미풍이 되어 당신 귀에 불어가리다

여름밤의 풍경

노자영

한 그리움이 다른 그리움에게

정희성

어느날 당신과 내가
날과 씨로 만나서
하나의 꿈을 엮을 수만 있다면
우리들의 꿈이 만나
한 폭의 비단이 된다면
나는 기다리리, 추운 길목에서
오랜 침묵과 외로움 끝에
한 슬픔이 다른 슬픔에게 손을 주고
한 그리움이 다른 그리움의
그윽한 눈을 들여다볼 때
어느 겨울인들
우리들의 사랑을 춥게 하리
외롭고 긴 기다림 끝에
어느날 당신과 내가 만나
하나의 꿈을 엮을 수만 있다면

한 그리움이 다른 그리움에게

정희성

노래

이시카와 타쿠보쿠

헤어지고 와서
해가 갈수록
그리운 그대

이시가리 시외에 있는
그대의 집
사과나무 꽃이 떨어졌으리라

긴긴 편지
삼 년 동안 세 번 오다
내가 쓴 것은 네 번이었으리

노래

이시카와 타쿠보쿠

내가 생각하는 것은

백석

밖은 봄철날 따디기의 누굿하니 푹석한 밤이다
거리에는 사람두 많이 나서 홍성홍성 할 것이다
어쩐지 이 사람들과 친하니 싸다니고 싶은 밤이다

그렇건만 나는 하이얀 자리 위에서 마른 팔뚝의
샛파란 핏대를 바라보며 나는 가난한 아버지를 가진 것과
내가 오래 그려오든 처녀가 시집을 간 것과
그렇게도 살틀하든 동무가 나를 버린 일을 생각한다

내가 생각하는 것은

백 석

또 내가 아는 그 몸이 성하고 돈도 있는 사람들이
즐거이 술을 먹으려 다닐 것과
내 손에는 신간서 하나도 없는 것과
그리고 그 '아서라 세상사'라도 들을
유성기도 없는 것을 생각한다

그리고 이러한 생각이 내 눈가를 내 가슴가를 뜨겁게 하는 것도 생각한다

내가 생각하는 것은

백 석

민들레의 영토

이해인

기도는 나의 음악
가슴 한복판에 꽂아놓은
사랑은 단 하나의
성스러운 깃발

태초부터 나의 영토는
좁은 길이었다 해도
고독의 진주를 캐며
내가
꽃으로 피어나야 할 땅

애처로이 쳐다보는
인정의 고움도
나는 싫어

바람이 스쳐가며
노래를 하면
푸른 하늘에게
피리를 불었지

민들레의 영토

이해인

태양에 쫓기어
활활 타다 남은 저녁노을에
저렇게 긴 강이 흐른다

노오란 내 가슴이
하얗게 여위기 전
그이는 오실까

당신의 맑은 눈물
내 땅에 떨어지면
바람에 날려 보낼
기쁨의 꽃씨

흐려오는
세월의 눈시울에
원색의 아픔을 씹는
내 조용한 숨소리

보고 싶은 얼굴이여

민들레의 영토

이해인

바람의 노래를 들을 것이다
울고 왔다 웃고 갔을 인생과
웃고 왔다 울고 갔을 인생들을

조용한 일

김사인

이도 저도 마땅치 않은 저녁
철이른 낙엽 하나 슬며시 곁에 내린다

그냥 있어볼 길밖에 없는 내 곁에
저도 말없이 그냥 있는다

고맙다
실은 이런 것이 고마운 일이다

조용한 일

김사인

혜화역 4번 출구

이상국

딸애는 침대에서 자고
나는 바닥에서 잔다
그애는 몸을 바꾸자고 하지만
내가 널 어떻게 낳았는데……
그냥 고향 여름 밤나무 그늘이라고 생각한다

나는 바닥이 편하다
그럴 때 나는 아직 대지의 소작이다
내 조상은 수백년이나 소를 길렀는데
그애는 재벌이 운영하는 대학에서
한국의 대 유럽 경제정책을 공부하거나
일하는 것보다는 부리는 걸 배운다
그애는 집으로 돌아오지 않을 것 같다

혜화역 4번 출구

이상국

내가 우는 저를 업고
별하늘 아래서 불러준 노래나
내가 심은 아름드리 은행나무를 알겠는가
그래도 어떤 날은 서울에 눈이 온다고 문자메시지가 온다
그러면 그거 다 애비가 만들어 보낸 거니 그리 알라고 한다
모든 아버지는 촌스럽다

나는 그전에 서울 가면 인사동 여관에서 잤다
그러나 지금은 딸애의 원룸에 가 잔다
물론 거저는 아니다 자발적으로
아침에 숙박비 얼마를 낸다
나의 마지막 농사다
그리고 헤어지는 혜화역 4번 출구 앞에서
그애는 나를 안아준다 아빠 잘 가

혜화역 4번 출구

이상국

기차표 운동화

안현미

원주시민회관서 은행원에게
시집가던 날 언니는
스무 해 정성스레 가꾸던 뒤란 꽃밭의
다알리아처럼 눈이 부시게 고왔지요

서울로 돈 벌러 간 엄마 대신
초등학교 입학식 날 함께 갔던 언니는
시민회관 창틀에 매달려 눈물을 떨구던 내게
가을 운동회 날 꼭 오마고 약속했지만
단풍이 흐드러지고 청군 백군 깃발이 휘날려도
끝내, 다녀가지 못하고
인편에 보내준 기차표 운동화만
먼지를 뒤집어쓴 채 토닥토닥
집으로 돌아온 가을 운동회날

언니 따라 시집가버린
뒤란 꽃밭엔
금방 울음을 토할 것 같은
고추들만 빨갛게 익어가고 있었지요

기차표 운동화

안현미

가을

송찬호

딱! 콩꼬투리에서 튀어 나간 콩알이 가슴을 스치자, 깜짝 놀란 장끼가 건너편 숲으로 날아가 껑, 껑, 우는 서러운 가을이었다

딱! 콩꼬투리에서 튀어 나간 콩알이 엉덩이를 때리자, 초경이 비친 계집애처럼 화들짝 놀란 노루가 찔끔 피 한 방울 흘리며 맞은편 골짜기로 정신없이 달아나는 가을이었다

멧돼지 무리는 어제 그제 달밤에 뒹굴던 삼밭이 생각나, 외딴 콩밭쯤은 거들떠보지도 않고 지나치는 산비알 가을이었다

내년이면 이 콩밭도 묵정밭이 된다고 하였다 허리 구부정한 콩밭 주인은 이제 산등성이 동그란 백도라지 무덤이 더 좋다 하였다 그리고 올 소출이 황두 두말가웃은 된다고 빙그레 웃었다

그나저나 아직 볕이 좋아 여직 도리깨를 맞지 않은 꼬투리들이 따닥따닥 제 깍지를 열어 콩알 몇 낱을 있는 힘껏 멀리 쏘아 보내는 가을이었다

콩새야, 니 여태 거기서 머 하고 있노 어여 콩알 주워가지 않구, 다래 넝쿨 위에 앉아 있던 콩새는 자신을 들킨 것이 부끄러워 꼭 콩새만 한 가슴만 두근거리는 가을이었다

아내의 이름은 천리향

손택수

세상에 천리향이 있다는 것은
세상 모든 곳에 천리나 먼
거리가 있다는 거지
한 지붕 한 이불을 덮고 사는
아내와 나 사이에도
천리는 있어,
등을 돌리고 잠든 아내의
고단한 숨소리를 듣는 밤
방구석에 처박혀 핀 천리향아
네가 서러운 것은
진하디진한 향기만큼
아득한 거리를 떠오르게 하기 때문이지
얼마나 아득했으면
이토록 진한 향기를 가졌겠는가
향기가 천리를 간다는 것은
살을 부비면서도
건너갈 수 없는 거리가
어디나 있다는 거지

아내의 이름은 천리향

손택수

허나 네가 갸륵한 것은
연애 적부터 궁지에 몰리면 하던 버릇
내 숱한 거짓말에 짐짓 손가락을 걸며
겨울을 건너가는 아내 때문이지
등을 맞댄 천리 너머
꽃망울 터지는 소리를 엿듣는 밤
너 서럽고 갸륵한 천리향아

아내의 이름은 천리향

손택수

나의 꿈

한용운

당신이 맑은 새벽에 나무그늘 사이에서 산보할 때에
나의 꿈은 작은 별이 되어서
당신의 머리 위를 지키고 있겠습니다

당신이 여름날에 더위를 못 이기어 낮잠을 자거든
나의 꿈은 맑은 바람이 되어서
당신의 주위에 떠돌겠습니다

당신이 고요한 가을밤에 그윽히 앉아서 글을 볼 때에
나의 꿈은 귀뚜라미가 되어서
당신의 책상 밑에서 귀똘귀똘 울겠습니다

나의 꿈

한용운

그날

곽효환

그날, 텔레비전 앞에서 늦은 저녁을 먹다가
울컥 울음이 터졌다
멈출 수 없어 그냥 두었다
오랫동안 오늘 이전과 이후만 있을 것 같아
밤새 잠을 이루지 못했다

그 밤, 다시 견디는 힘을 배우기로 했다

그날

곽효환

자화상

윤동주

산모퉁이를 돌아 논가 외딴 우물을 홀로 찾아가선
가만히 들여다봅니다.

우물 속에는 달이 밝고 구름이 흐르고 하늘이 펼치고
파아란 바람이 불고 가을이 있습니다.

그리고 한 사나이가 있습니다.
어쩐지 그 사나이가 미워져 돌아갑니다.

돌아가다 생각하니 그 사나이가 가엾어집니다.
도로 가 들여다보니 사나이는 그대로 있습니다.

다시 그 사나이가 미워져 돌아갑니다.
돌아가다 생각하니 그 사나이가 그리워집니다.

우물 속에는 달이 밝고 구름이 흐르고 하늘이 펼치고
파아란 바람이 불고 가을이 있고
추억처럼 사나이가 있습니다.

자화상

윤동주

거울

이상

거울속에는소리가없소
저렇게까지조용한세상은참없을것이오

거울속에도내게귀가있소
내말을못알아듣는딱한귀가두개나있소

거울속의나는왼손잡이오
내악수를받을줄모르는—악수를모르는왼손잡이오

거울때문에나는거울속의나를만져보지를못하는구료마는
거울아니었든들내가어찌거울속의나를만나보기만이라도했겠소

나는지금거울을안가졌소마는거울속에는늘거울속의내가있소
잘은모르지만외로된사업에골몰할께요

거울속의나는참나와는반대요마는
또꽤닮았오
나는거울속의나를근심하고진찰할수없으니퍽섭섭하오

질투는 나의 힘

기형도

아주 오랜 세월이 흐른 뒤에
힘없는 책갈피는 이 종이를 떨어뜨리리
그때 내 마음은 너무나 많은 공장을 세웠으니
어리석게도 그토록 기록할 것이 많았구나
구름 밑을 천천히 쏘다니는 개처럼
지칠 줄 모르고 공중에서 머뭇거렸구나
나 가진 것 탄식밖에 없어
저녁 거리마다 물끄러미 청춘을 세워두고
살아온 날들을 신기하게 세어보았으니
그 누구도 나를 두려워하지 않았으니
내 희망의 내용은 질투뿐이었구나
그리하여 나는 우선 여기에 짧은 글을 남겨둔다
나의 생은 미친 듯이 사랑을 찾아 헤매었으나
단 한번도 스스로를 사랑하지 않았노라

질투는 나의 힘

기형도

가을, 그리고 겨울

최하림

깊은
가을길로 걸어갔다
피아노 소리 뒤엉킨
예술학교 교정에는
희미한 빛이 남아 있고
언덕과 집들
어둠에 덮여
이상하게 안개비 뿌렸다
모든 것이 희미하고 아름다웠다
달리는 시간도 열렸다 닫히는 유리창도
무성하게 돋아난 마른 잡초들은
마을과 더불어 있고
시간을 통과해온 얼굴들은 투명하고
나무 아래 별들이 나타났다 사라졌다
모든 것이 아름다웠다 저마다의 슬픔으로
사물이 빛을 발하고 이별이 드넓어지고
세석에 눈이 내렸다
살아 있으므로 우리는 보게 될 것이다

가을, 그리고 겨울

최하림

시간들이 가서 마을과 언덕에 눈이 쌓이고
생각들이 무거워지고
나무들이 축복처럼 서 있을 것이다
소중한 것들은 언제나 저렇듯 무겁게
내린다고, 어느 날 말할 때가 올 것이다
눈이 떨면서 내릴 것이다
등불이 눈을 비출 것이다
등불이 사랑을 비출 것이다
내가 울고 있을 것이다

가을, 그리고 겨울

최하림

밤

정지용

눈 머금은 구름 새로
힌달이 흐르고,

처마에 서린 탱자나무가 흐르고,

외로운 촉불이, 물새의 보금자리가 흐르고……

표범 껍질에 호젓하이 쌓이여
나는 이밤, '적막한 홍수'를 누어 건늬다.

밤
—
정지용

수선화에게

정호승

울지 마라
외로우니까 사람이다
살아간다는 것은 외로움을 견디는 일이다
공연히 오지 않는 전화를 기다리지 마라
눈이 오면 눈길을 걸어가고
비가 오면 빗길을 걸어가라
갈대숲에서 가슴검은도요새도 너를 보고 있다
가끔은 하느님도 외로워서 눈물을 흘리신다
새들이 나뭇가지에 앉아 있는 것도 외로움 때문이고
네가 물가에 앉아 있는 것도 외로움 때문이다
산그림자도 외로워서 하루에 한 번씩 마을로 내려온다
종소리도 외로워서 울려퍼진다

수선화에게

정호승

.

청포도

이육사

내 고장 칠월은
청포도가 익어가는 시절

이 마을 전설이 주저리주저리 열리고
먼데 하늘이 꿈꾸며 알알이 들어와 박혀

하늘 밑 푸른 바다가 가슴을 열고
흰 돛 단 배가 곱게 밀려서 오면

내가 바라는 손님은 고달픈 몸으로
청포를 입고 찾아온다고 했으니

내 그를 맞아, 이 포도를 따 먹으면
두 손은 함뿍 적셔도 좋으련

아이야 우리 식탁엔 은쟁반에
하이얀 모시 수건을 마련해 두렴

청포도

이육사

기도실

강현덕

울려고 갔다가
울지 못한 날 있었다
앞서 온 슬픔에
내 슬픔은 밀려나고
그 여자
들썩이던 어깨에
내 눈물까지 주고 온 날

사평역에서

곽재구

막차는 좀처럼 오지 않았다
대합실 밖에는 밤새 송이눈이 쌓이고
흰 보라 수수꽃 눈시린 유리창마다
톱밥난로가 지펴지고 있었다
그믐처럼 몇은 졸고
몇은 감기에 쿨럭이고
그리웠던 순간들을 생각하며 나는
한줌의 톱밥을 불빛 속에 던져주었다
내면 깊숙이 할 말들은 가득해도
청색의 손바닥을 불빛 속에 적셔두고
모두들 아무 말도 하지 않았다
산다는 것이 때론 술에 취한 듯
한 두름의 굴비 한 광주리의 사과를
만지작거리며 귀향하는 기분으로
침묵해야 한다는 것을
모두들 알고 있었다

사평역에서

곽재구

오래 앓은 기침 소리와
쓴 약 같은 입술담배 연기 속에서
싸륵싸륵 눈꽃은 쌓이고
그래 지금은 모두들
눈꽃의 화음에 귀를 적신다
자정 넘으면
낯설음도 뼈아픔도 다 설원인데
단풍잎 같은 몇 잎의 차창을 달고
밤열차는 또 어디로 흘러가는지
그리웠던 순간들을 호명하며 나는
한줌의 눈물을 불빛 속에 던져주었다.

사평역에서

곽재구

긍정적인 밥

함민복

시 한 편에 삼만 원이면
너무 박하다 싶다가도
쌀이 두 말인데 생각하면
금방 마음이 따뜻한 밥이 되네

시집 한 권에 삼천 원이면
든 공에 비해 헐하다 싶다가도
국밥이 한 그릇인데
내 시집이 국밥 한 그릇만큼
사람들 가슴을 따뜻하게 덥혀줄 수 있을까
생각하면 아직 멀기만 하네

시집이 한 권 팔리면
내게 삼백 원이 돌아온다
박리다 싶다가도
굵은 소금이 한 됫박인데 생각하면
푸른 바다처럼 상할 마음 하나 없네

긍정적인 밥

함민복

바짝 붙어서다

김사인

굽은 허리가
신문지를 모으고 상자를 접어 묶는다.
몸뻬는 졸아든 팔순을 담기에 많이 헐겁다.
승용차가 골목 안으로 들어오자
바짝 벽에 붙어선다
유일한 혈육인 양 작은 밀차를 꼭 잡고.

고독한 바짝 붙어서기
더러운 시멘트 벽에 거미처럼
수조 바닥의 늙은 가오리처럼 회색 벽에
낮고 낮은 저 바짝 붙어서기

차가 지나고 나면
구겨졌던 종이같이 할머니는
천천히 다시 펴진다.
밀차의 바퀴 두개가
어린 염소처럼 발꿈치를 졸졸 따라간다.

늦은 밤 그 방에 켜질 헌 삼성 테레비를 생각하면
기운 씽크대와 냄비들
그 앞에 선 굽은 허리를 생각하면
목이 멘다
방 한구석 힘주어 꼭 짜놓았을 걸레를 생각하면.

바짝 붙어서다

김사인

팬케이크를 반죽해요

크리스티나 로제티

팬케이크를 반죽해요.
부지런히 저어요.
팬 위에 올리고는
한쪽 면을 익혀요.
재빨리 뒤집어요.
할 수만 있다면!
세상도 뒤집어보고 싶어요.

팬케이크를 반죽해요

크리스티나 로제티

시월

황동규

1
내 사랑하리 시월의 강물을
석양이 짙어가는 푸른 모래톱
지난날 가졌던 슬픈 여정들을, 아득한 기대를
이제는 홀로 남아 따뜻이 기다리리.

2
지난 이야기를 해서 무엇 하리.
두견이 우는 숲 새를 건너서
낮은 돌담에 흐르는 달빛 속에
울리던 목금소리 목금소리 목금소리.

3
며칠 내 바람이 싸늘히 불고
오늘은 안개 속에 찬비가 뿌렸다.
가을비 소리에 온 마음 끌림은
잊고 싶은 약속을 못다한 탓이리.

4
아니,
석등 곁에
밤 물소리

누이야 무엇 하나
달이 지는데
밀물 지는 고물에서
눈을 감듯이

바람은 사면에서 빈 가지를
하나 남은 사랑처럼 흔들고 있다.

아늬,
석등 곁에
밤 물소리.

5
　낡은 단청 밖으론 바람이 이는 가을날, 잔잔히 다가오는 저녁 어스름. 며칠내 낙엽
이 내리고 혹 싸늘히 비가 뿌려와서…… 절 뒷울 안에 서서 마을을 내려다보면 낙엽
지는 느릅나무며 우물이며 초가집이며 그리고 방금 켜지기 시작한 등불들이 어스름
속에서 알 수 없는 어느 하나로 합쳐짐을 나는 본다.

6
　창 밖에 가득히 낙엽이 내리는 저녁
　나는 끊임없이 불빛이 그리웠다.
　바람은 조금도 불지를 않고 등불들은 다만 그 숱한 향수와 같은 것에 싸여가고 주
위는 자꾸 어두워갔다
　이제 나도 한 잎의 낙엽으로 좀더 낮은 곳으로, 내리고 싶다.

시월

황동규

저녁눈

박용래

늦은 저녁때 오는 눈발은 말집 호롱불 밑에 붐비다
늦은 저녁때 오는 눈발은 조랑말 발굽 밑에 붐비다
늦은 저녁때 오는 눈발은 여물 써는 소리에 붐비다
늦은 저녁때 오는 눈발은 변두리 빈터만 다니며 붐비다

나는 첫눈을 밟고 거닌다

세르게이 예세닌

나는 첫눈을 밟고 거닌다,
마음 속에는 생기 넘치는 은방울꽃.
저녁은 길 위에서 푸른 촛불처럼
별빛을 밝힌다.

나는 모른다, 그것이 빛인지 어둠인지.
수풀 속에서 노래하는 것이 바람인지 수탉인지.
어쩌면 그것은 들판 위 겨울 대신
백조들이 풀밭에 내려앉은 것이리라.

오, 하얀 설원이여, 아름답구나!
가벼운 추위가 내 피를 데우고 있다!
내 몸뚱이로 꼭 그러안고 싶다.
자작나무의 드러난 가슴을.

오, 숲의 울창한 아련함이여!
오, 눈 덮인 밭의 쾌활함이여!
못 견디게 두 손을 모으고 싶다.
버드나무의 허벅다리 위에서.

나는 첫눈을 밟고 거닌다

세르게이 예세닌

웃은 죄

김동환

지름길 묻길래 대답했지요.
물 한모금 달라기에 샘물 떠주고,
그리고는 인사하기 웃고 받았지요.

평양성에 해 안 뜬대두
난 모르오.

웃은 죄밖에.

웃은 죄

김동환

누군가 창문을 조용히 두드리다 간 밤

김경주

불을 끄고 방 안에 누워 있었다
누군가 창문을 잠시 두드리고 가는 것이었다
이 밤에 불빛이 없는 창문을
두드리게 한 마음은 어떤 것이었을까
이곳에 살았던 사람은 아직 떠난 것이 아닌가
문을 열고 들어오면 문득
내가 아닌 누군가 방에 오래 누워 있다가 간 느낌

이웃이거니 생각하고
가만히 그냥 누워 있었는데
조금 후 창문을 두드리던 소리의 주인은
내가 이름 붙일 수 없는 시간들을 두드리다가
제 소리를 거두고 사라지는 것이었다

이곳이 처음이 아닌 듯한 느낌 또한 쓸쓸한 것이어서
짐을 들이고 정리하면서
바닥에 발견한 새까만 손톱 발톱 조각들을
한참 만지작거리곤 하였다

누군가 창문을 조용히 두드리다 간 밤

김경주

언젠가 나도 저런 모습으로 내가 살던 시간 앞에 와서
꿈처럼 서성거리고 있을지도 모른다는 생각
이 방 곳곳에 남아 있는 얼룩이
그를 어룽어룽 그리워하는 것인지도

이 방 창문에서 날린
풍선 하나가 아직도 하늘을 날아다니고 있을 겁니다
어떤 방을 떠나기 전, 언젠가 벽에 써놓고 떠난
자욱한 문장 하나 내 눈의 지하에
붉은 열을 내려보내는 밤,
나도 유령처럼 오래전 나를 서성거리고 있을지도

누군가 창문을 조용히 두드리다 간 밤

김경주

가정식 백반

윤제림

아침 됩니다 한밭식당
유리문을 밀고 들어서는,
낯 검은 사내들,
모자를 벗으니
머리에서 김이 난다
구두를 벗으니
발에서 김이 난다

아버지 한 사람이
부엌 쪽에 대고 소리친다,
밥 좀 많이 퍼요.

가정식 백반

윤제림

행복

김종삼

오늘은 용돈이 든든하다
낡은 신발이나마 닦아 신자
헌옷이나마 다려 입자 털어 입자
산책을 하자
북한산성행 버스를 타 보자
안양행도 타 보자
나는 행복하다
혼자가 더 행복하다
이 세상이 고맙고 예쁘다

긴 능선 너머
중첩된 저 산더미 산더미 너머
끝없이 펼쳐지는
멘델스존의 로렐라이 아베마리아의
아름다운 선율처럼.

행복

김 종 삼

윤사월

박목월

송화가루 날리는
외딴 봉우리

윤사월 해 길다
꾀꼬리 울면

산지기 외딴 집
눈 먼 처녀사

문설주에 귀 대고
엿듣고 있다

윤사월

박목월

다름 아니라

윌리엄 윌리엄스

냉장고에
있던 자두를
내가 먹어버렸다오

아마 당신이
아침식사 때
내놓으려고
남겨둔 것일 텐데

용서해요, 한데
아주 맛있었소
얼마나 달고
시원하던지

다름 아니라

윌리엄 윌리엄스

고독하다는 것은

조병화

고독하다는 것은
아직도 나에게 소망이 남아 있다는 거다
소망이 남아있다는 것은
아직도 나에게 삶이 남아 있다는 거다
삶이 남아 있다는 것은
아직도 나에게 그리움이 남아 있다는 거다
그리움이 남아 있다는 것은
보이지 않는 곳에
아직도 너를 가지고 있다는 거다

이렇게 저렇게 생각을 해보아도
어린 시절의 마당보다 좁은
이 세상
인간의 자리
부질없는 자리

가리울 곳 없는
회오리 들판

고독하다는 것은

조 병 화

아 고독하다는 것은
아직도 나에게 소망이 남아 있다는 거요
소망이 남아 있다는 것은
아직도 나에게 삶이 남아 있다는 거요
삶이 남아 있다는 것은
아직도 나에게 그리움이 남아 있다는 거다
그리움이 남아 있다는 것은
보이지 않는 곳에
아직도 너를 가지고 있다는 거다

고독하다는 것은

조 병 화

달같이

윤동주

연륜이 자라듯이

달이 자라는 고요한 밤에

달같이 외로운 사랑이

가슴 하나 뻐근히

연륜처럼 피어나간다

달걀이

윤동주

별

이병기

바람이 서늘도 하여 뜰 앞에 나섰더니
서산머리에 하늘은 구름을 벗어나고
산뜻한 초사흘달이 별과 함께 나오더라.

달은 넘어가고 별만 서로 반짝인다.
저 별은 뉘 별이며 내 별 또한 어느 게오.
잠자코 호올로 서서 별을 헤어보노라.

햇살

바람이 나를 가져가리라
이 나를 나누어 가리라
봄비가 나를 데리고 가리라

사막

오르텅스 블루

그 사막에서 그는
너무도 외로워
때로는 뒷걸음으로 걸었다.
자기 앞에 찍힌 발자국을 보려고.

169

사막

오르텅스 블루

담배 한 대 길이의 시간 속을

최승자

담배 한 대 피우며
한 십 년이 흘렀다
그동안 흐른 것은
대서양도 아니었고
태평양도 아니었다

다만 십 년이라는 시간 속을
담배 한 대 길이의 시간 속을
새 한 마리가 폴짝
건너뛰었을 뿐이었다

(그래도 미래의 시간들은
은가루처럼 쏟아져 내린다)

담배 한 대 길이의 시간 속을

최승자

흔들리며 피는 꽃

도종환

흔들리지 않고 피는 꽃이 어디 있으랴
이 세상 그 어떤 아름다운 꽃들도
다 흔들리면서 피었나니
흔들리면서 줄기를 곧게 세웠나니
흔들리지 않고 가는 사랑이 어디 있으랴

젖지 않고 피는 꽃이 어디 있으랴
이 세상 그 어떤 빛나는 꽃들도
다 젖으며 젖으며 피었나니
바람과 비에 젖으며 꽃잎 따뜻하게 피웠나니
젖지 않고 가는 삶이 어디 있으랴

173

흔들리며 피는 꽃

도종환

나의 노래는

신석정

나의 노래는
라일락꽃과 그 꽃잎에 사운대는
바람 속에 있다.

나의 노래는
너의 타는 눈망울과
그 뜨거운 가슴 속에 있다.

나의 노래는
저어 빨간 장미의 산호빛 웃음 속에 있다.

나의 노래는
항상 별같이 살고파하는 네 마음속에 있다.

나의 노래는
흰 나리꽃이 가쁘도록 내쉬는 짙은 향기 속에 있다.

나의 노래는
꽃잎이 서로 부딪치며 이뤄지는 죄없는 입맞춤 속에 있다.

나의 노래는
소쩍새 미치게 우는 어둔 밤엘랑 아예 찾지 말라.

나의 노래는
태양의 꽃가루 쏟아지는 칠월 바다의 푸르른 수평선에 있다.

내가 만약 촛불을 밝히지 않는다면

나짐 히크메트

내가 만약 촛불을 밝히지 않는다면,
당신이 만약 촛불을 켜지 않는다면,
우리가 만약 촛불을 밝히지 않는다면,
이 어두움을 어떻게 밝힐 수 있는가?

내가 만약 촛불을 밝히지 않는다면

나짐 히크메트

찬란

이병률

겨우내 아무 일 없던 화분에서 잎이 나니 찬란하다
흙이 감정을 참지 못하니 찬란하다

감자에서 난 싹을 화분에 옮겨 심으며
손끝에서 종이 넘기는 소리를 듣는 것도
오래도록 내 뼈에 방들이 우는 소리 재우는 일도 찬란이다

살고자 하는 일이 찬란이었으므로
의자에 먼지 앉는 일은 더 찬란이리
찬란하지 않으면 모두 뒤처지고
광장에서 멀어지리

지난밤 남쪽의 바다를 생각하던 중에
등을 켜려다 전구가 나갔고
검푸른 어둠이 굽이쳤으나
생각만으로 겨울을 불렀으니 찬란이다

실로 이기고 지는 깐깐한 생명들이 뿌리까지 피곤한 것도
햇빛의 가랑이 사이로 북회귀선과 남회귀선이 만나는 것도
무시무시한 찬란이다

찬란

이병률

찬란이 아니면 다 그만이다

죽음 앞에서 모든 목숨은
찬란의 끝에서 걸쇠를 건져 올려 마음에 걸 것이니

지금껏으로도 많이 살았다 싶은 것은 찬란을 배웠기 때문
그러고도 겨우 일 년을 조금 넘게 살았다는 기분이 드는 것도
다 찬란이다

찬란

이병률

용기

요한 괴테

신선한 공기, 빛나는 태양,
맑은 물, 그리고
친구들의 사랑
이것만 있다면 낙심하지 마라.

강물

김영랑

잠 자리 서뤄서 일어났소
꿈이 고웁지 못해 눈을 떳소

벼개에 차단히 눈물은 젖었는듸
흐르다못해 한방울 애끈히 고이었소

꿈에 본 강물이 몹시 보고 싶었소
무럭무럭 김 오르며 내리는 강물

언덕을 혼자서 지니노라니
물오리 갈매기도 끼룩끼룩

강물은 철 철 흘러가면서
아심찬이 그꿈도 떠실고 갔소

꿈이 아닌 생시 가진 설움도
작고 강물은 떠실고 갔소.

도보순례

이문재

나 돌아갈 것이다
도처의 전원을 끊고
덜컹거리는 마음의 안달을
마음껏 등질 것이다

나에게로 혹은 나로부터
발사되던 직선들을
짐짓 무시할 것이다

나 돌아갈 것이다
무심했던 몸의 외곽으로 가
두 손 두 발에게
머리 조아릴 것이다
한없이 작아질 것이다

도보순례

이문재

어둠을 어둡게 할 것이다
소리에 민감하고
냄새에 즉각 반응할 것이다
하나하나 맛을 구별하고
피부를 활짝 열어놓을 것이다
무엇보다 두 눈을 쉬게 할 것이다

이제 일하기 위해 살지 않고
살기 위해 일할 것이다
생활하기 위해 생존할 것이다
어두워지면 어두워질 것이다

걸어보지 못한 길

로버트 프로스트

노란 숲 속 두 갈래길
나그네 한 몸으로
두 길 다 가 볼 수 없어
아쉬운 마음으로 덤불 속 굽어든 길을
저 멀리 오래도록 바라보았네

그러다 다른 길을 택했네
두 길 모두 아름다웠지만
사람이 밟지 않은 길이 더 끌렸던 것일까
두 길 모두 사람의 흔적은
비슷해 보였지만

그래도 그날 아침에는 두 길 모두
아무도 밟지 않은 낙엽에 묻혀 있었네
나는 언젠가를 위해 하나의 길을 남겨 두기로 했어
하지만 길은 길로 이어지는 법
되돌아올 수 없음을 알고 있었지

먼 훗날 나는 어디선가
한숨지으며 말하겠지
언젠가 숲에서 두 갈래 길을 만났을 때
사람들이 잘 가지 않는 길을 갔었노라고
그래서 모든 게 달라졌다고

걸어보지 못한 길

로버트 프로스트

낙화

조지훈

꽃이 지기로소니
바람을 탓하랴.

주렴 밖에 성긴 별이
하나 둘 스러지고

귀촉도 울음 뒤에
머언 산이 다가서다.

촛불을 꺼야 하리
꽃이 지는데

꽃 지는 그림자
뜰에 어리어

하이얀 미닫이가
우련 붉어라.

낙화

조지훈

묻혀서 사는 이의
고운 마음을

아는 이 있을까
저어하노니

꽃이 지는 아침은
울고 싶어라.

언덕 꼭대기에 서서 소리치지 말라

울라브 하우게

거기 언덕 꼭대기에 서서
소리치지 말라.
물론 네 말은
옳다, 너무 옳아서
말하는 것이
도리어 성가시다.
언덕으로 들어가,
거기 대장간을 지어라,
거기 풀무를 만들고,
거기 쇠를 달구고,
망치질하며 노래하라!
우리가 들을 것이다,
듣고,
네가 어디 있는지 알 것이다.

언덕 꼭대기에 서서 소리치지 말라

올라브 하우게

꿈

랭스턴 휴즈

꿈을 잡아라
꿈이 사그라지면
삶은 날개가 부러져
날지 못하는 새이니.

꿈을 잡아라
꿈이 사라지면
삶은 눈으로 얼어붙은
황량한 들판이니.

꿈

랭스턴 휴즈

젊은 시인에게 주는 충고

라이너 릴케

마음속의 풀리지 않는 모든 문제들에 대하여
인내를 가지라.
문제 그 자체를 사랑하라.
지금 당장 해답을 얻으려 하지 말라.
그건 지금 당장 주어질 순 없으니까.
중요한 건
모든 것을 살아 보는 일이다.
지금 그 문제들을 살라.
그러면 언젠가 먼 미래에
자신도 알지 못하는 사이에
삶이 너에게 해답을 가져다 줄 테니까.

젊은 시인에게 주는 충고

라이너 릴케

서시

이정록

마을이 가까울수록
나무는 흠집이 많다.

내 몸이 너무 성하다.

서시

이정록

석류

폴 발레리

알맹이들의 과잉에 못 이겨
방긋 벌어진 단단한 석류여,
숱한 발견으로 파열한
지상의 이마를 보는 듯하다!

너희들이 감내해 온 나날의 태양이,
오, 반쯤 입 벌린 석류여,
오만으로 시달림받는 너희로 하여금
홍옥의 칸막이를 찢게 했을지라도,

비록 말라빠진 황금의 껍질이
어떤 힘의 요구에 따라
즙이 든 붉은 보석처럼 터진다 해도,

이 빛나는 파열은
내 옛날의 영혼으로 하여금
자신의 비밀스런 구조를 꿈꾸게 한다

석류

폴 발레리

갈대

신경림

언제부턴가 갈대는 속으로
조용히 울고 있었다.
그런 어느 밤이었을 것이다. 갈대는
그의 온몸이 흔들리고 있는 것을 알았다.

바람도 달빛도 아닌 것.
갈대는 저를 흔드는 것이 제 조용한 울음인 것을
까맣게 몰랐다.
─산다는 것은 속으로 이렇게
조용히 울고 있는 것이란 것을
그는 몰랐다.

강촌에서

문태준

말수가 아주 적은 그와 강을 따라 걸었다
가도 가도 넓어져만 가는 강이었다
그러나 그는 충분히 이해되었다

봄밤

김수영

애타도록 마음에 서둘지 말라
강물 위에 떨어진 불빛처럼
혁혁한 업적을 바라지 말라
개가 울고 종이 울리고 달이 떠도
너는 조금도 당황하지 말라
술에서 깨어난 무거운 몸이여
오오 봄이여
한없이 풀어지는 피곤한 마음에도
너는 결코 서둘지 말라
너의 꿈이 달의 행로와 비슷한 회전을 하더라도
개가 울고 종이 들리고
기적소리가 과연 슬프다 하더라도
너는 결코 서둘지 말라
서둘지 말라 나의 빛이여
오오 인생이여
재앙과 불행과 격투와 청춘과 천만 인의 생활과
그러한 모든 것이 보이는 밤
눈을 뜨지 않은 땅속의 벌레같이
아둔하고 가난한 마음은 서둘지 말라
애타도록 마음에 서둘지 말라
절제여
나의 귀여운 아들이여
오오 나의 영감이여

봄밤

김수영

그 사람에게

신동엽

아름다운
하늘 밑
너도야 왔다 가는구나
쓸쓸한 세상세월
너도야 왔다 가는구나.

다시는
못 만날지라도 먼 훗날
무덤 속 누워 추억하자,
호젓한 산골길서 마주친
그날, 우리 왜
인사도 없이
지나쳤던가, 하고.

그 사람에게

신동엽

해답

거트루드 스타인

해답은 없다.
앞으로도 해답이 없을 것이고
지금까지도 해답이 없었다.
이것이 인생의 유일한 해답이다.

해답

거트루드 스타인

하지 않고 남겨둔 일

헨리 롱펠로

우리가 아무리 열심히 일하려 해도
아직 하지 않은 일이 남아 있다.
완성되지 않은 일이 여전히
해뜨기를 기다리고 있다.
침대 옆에, 층계에,
현관에, 문가에
위협으로 기도로
탁발승처럼 기다린다.
기다리며 결코 사라지지 않는다
기다리며 결코 거절하지 않는다.
어제의 보살핌 때문에
나날의 오늘이 더 힘들다.
마침내 그 짐이 우리 힘이
감당하기보다 더 클 때까지
꿈의 무게만큼 무거워 보일 때까지
곳곳에서 우리를 내리누른다.
그리고 우리는 하루하루를 버틴다,
북방의 전설이 말하는 것처럼
어깨에 하늘을 인
옛날의 난쟁이처럼.

하지 않고 남겨둔 일

헨리 롱펠로

비망록

문정희

남을 사랑하는 사람이 되고 싶었는데
남보다 나를 사랑하는 사람이
되고 말았다

가난한 식사 앞에서
기도를 하고
밤이면 고요히
일기를 쓰는 사람이 되고 싶었는데
구겨진 속옷을 내보이듯
매양 허물만 내보이는 사람이 되고 말았다

사랑하는 사람아
너는 내 가슴에 아직도
눈에 익은 별처럼 박혀 있고

나는 박힌 별이 돌처럼 아파서
이렇게 한 생애를 허둥거린다

비 망 록

문 정 희

구부러진 길

이준관

나는 구부러진 길이 좋다.
구부러진 길을 가면
나비의 밥그릇 같은 민들레를 만날 수 있고
감자를 심는 사람을 만날 수 있다.
날이 저물면 울타리 너머로 밥 먹으라고 부르는
어머니의 목소리도 들을 수 있다.
구부러진 하천에 물고기가 많이 모여 살 듯이
들꽃도 많이 피고 별도 많이 뜨는 구부러진 길.
구부러진 길은 산을 품고 마을을 품고
구불구불 간다.
그 구부러진 길처럼 살아온 사람이 나는 또한 좋다.
반듯한 길 쉽게 살아온 사람보다
흙투성이 감자처럼 울퉁불퉁 살아온 사람의
구불구불 구부러진 삶이 좋다.
구부러진 주름살에 가족을 품고 이웃을 품고 가는
구부러진 길 같은 사람이 좋다.

구부러진 길

이준관

값진 삶을 살고 싶다면

프리드리히 니체

그대가 값진 삶을 살고 싶다면
날마다 아침에 눈뜨는 순간
이렇게 생각하라.

'오늘은 단 한 사람을 위해서라도 좋으니
누군가 기뻐할 만한 일을 하고 싶다'고.

값진 삶을 살고 싶다면

프리드리히 니체

어쩌면

댄 조지

어쩌면 별들이 너의 슬픔을 데려갈 거야
어쩌면 꽃들이 아름다움으로
너의 가슴을 채울지 몰라
어쩌면 희망이 너의 눈물을
영원히 닦아 없애 줄 거야
그리고 무엇보다도,
침묵이 너를 강하게 만들 거야

어쩌면

댄 조지

지금 알고 있는 걸 그때도 알았더라면

킴벌리 커버거

지금 알고 있는 걸 그때도 알았더라면
내 가슴이 말하는 것에
더 자주 귀 기울였으리라
더 즐겁게 살고, 덜 고민했으리라
금방 학교를 졸업하고 머지않아
직업을 가져야 한다는 걸 깨달았으리라
아니, 그런 것들은 잊어 버렸으리라
다른 사람들이 나에 대하여 말하는 것에는
신경 쓰지 않았으리라
그 대신 내가 가진 생명력과 단단한 피부를
더 가치 있게 여겼으리라
더 많이 놀고, 덜 초조해 했으리라
진정한 아름다움은 자신의 인생을
사랑하는 데 있음을 기억했으리라
부모가 날 얼마나 사랑하는가를 알고
또한 그들이 내게 최선을 다하고 있음을 믿었으리라

지금 알고 있는 걸 그때도 알았더라면

킴벌리 커버거

사랑에 더 열중하고
그 결말에 대해선 덜 걱정했으리라
설령 그것이 실패로 끝난다 해도
더 좋은 어떤 것이 기다리고 있음을 믿었으리라
아, 나는 어린아이처럼 행동하는 걸
두려워하지 않았으리라
더 많은 용기를 가졌으리라
모든 사람에게서 좋은 면을 발견하고
그것들을 그들과 함께 나눴으리라
지금 알고 있는 걸 그때도 알았더라면
나는 분명코 춤추는 법을 배웠으리라
내 육체를 있는 그대로 좋아했으리라
내가 만나는 사람을 신뢰하고
나 역시 누군가에게 신뢰할 만한 사람이 되었으리라
입맞춤을 즐겼으리라
정말로 자주 입을 맞췄으리라
분명코 더 감사하고,
더 많이 행복해 했으리라
지금 내가 알고 있는 걸 그때도 알았더라면

지금 알고 있는 걸 그때도 알았더라면

킴벌리 커버거

산유화

김소월

산에는 꽃 피네
꽃이 피네
갈 봄 여름 없이
꽃이 피네

산에
산에 피는 꽃은
저만치 혼자서 피어 있네

산에서 우는 작은 새여
꽃이 좋아
산에서
사노라네

산에는 꽃이 지네
꽃이 지네
갈 봄 여름 없이
꽃이 지네

산유화

김소월

먼 행성

오민석

벚꽃그늘 아래 누우니
꽃과 초저녁달과 먼 행성들이
참 다정히도 날 내려다본다
아무것도 없이 이 정거장에 내렸으나
그새 푸르도록 늙었으니
나는 얼마나 많은 것을 얻었느냐
아픈 봄마저 거저 준 꽃들
연민을 가르쳐준 궁핍의 가시들
오지않음으로 기다림을 알게 해준 당신
봄이면 꽃이 피는 이유가 다 있는 것이다
잘린 체게바라의 손에서 지문을 채취하던
CIA 요원 훌리오 가르시아도
지금쯤 할아버지가 되었을 것이다

그날 그 거리에서 내가 던진 돌멩이는
지금쯤 어디로 날아가고 있을까
혁명의 연기가 벚꽃 자욱하게 지는 저녁에
나는 평안하다 미안하다
늦은 밤의 술 약속과
돌아와 써야할 편지들과
잊힌 무덤들 사이
아직 떠다니는 이쁜 물고기들
벚꽃 아래 누우니
꽃잎마다 그늘이고
그늘마다 상처다
다정한 세월이여
꽃 진 자리에 가서 벌서자

방문객

정현종

사람이 온다는 건
실은 어마어마한 일이다.
그는
그의 과거와
현재와
그리고
그의 미래와 함께 오기 때문이다.
한 사람의 일생이 오기 때문이다.
부서지기 쉬운
그래서 부서지기도 했을
마음이 오는 것이다 ― 그 갈피를
아마 바람은 더듬어볼 수 있을
마음,
내 마음이 그런 바람을 흉내낸다면
필경 환대가 될 것이다.

방문객

정현종

발걸음을 멈추고
숨을 멈추고
눈을 감고

독자가 사랑하는 김용택의 시 10

달이 떴다고
전화를 주시다니요

달이 떴다고 전화를 주시다니요
이 밤 너무 신나고 근사해요
내 마음에도 생전 처음 보는
환한 달이 떠오르고
산 아래 작은 마을이 그려집니다
간절한 이 그리움들을,
사무쳐 오는 이 연정들을
달빛에 실어
당신께 보냅니다

세상에,
강변에 달빛이 곱다고
전화를 다 주시다니요
흐르는 물 어디쯤 눈부시게 부서지는 소리
문득 들려옵니다.

달이 떴다고 전화를 주시다니요

김용택

참 좋은 당신

어느 봄날
당신의 사랑으로
응달지던 내 뒤란에
햇빛이 들이치는 기쁨을
나는 보았습니다
어둠 속에서 사랑의 불가로
나를 가만히 불러내신 당신은
어둠을 건너온 자만이
만들 수 있는
밝고 환한 빛으로
내 앞에 서서
들꽃처럼 깨끗하게
웃었지요
아,
생각만 해도
참
좋은
당신.

참 좋은 당신

김용택

나무

강가에 키 큰 미루나무 한그루 서 있었지
봄이었어
나, 그 나무에 기대앉아 강물을 바라보고 있었지

강가에 키 큰 미루나무 한그루 서 있었지
여름이었어
나, 그 나무 아래 누워 강물 소리를 멀리 들었지

강가에 키 큰 미루나무 한그루 서 있었지
가을이었어
나, 그 나무에 기대서서 멀리 흐르는 강물을 바라보고 있었지

강가에 키 큰 미루나무 한그루 서 있었지
강물에 눈이 오고 있었어
강물은 깊어졌어
한없이 깊어졌어

강가에 키 큰 미루나무 한 그루 서 있었지 다시 봄이었어
나, 그 나무에 기대앉아 있었지
그냥,
있었어

안녕, 피츠버그 그리고 책

안녕, 아빠.
지금 나는 버스를 기다리고 있어.
마치 시 같다.
버스를 기다리고 서 있는 모습이
한그루의 나무 같다.
잔디와 나무가 있는 집들은 멀리 있고,
햇살과 바람과 하얀 낮달이 네 마음속을 지나는
소리가 들린다.
한그루의 나무가 세상에 서 있기까지
얼마나 많은 것들을 잃고 또 잊어야 하는지.
비명의 출구를 알고 있는
나뭇가지들은 안심 속에 갇힌
지루한 서정 같지만
몸부림의 속도는 바람이 가져다준 것이 아니라
내부의 소리다. 사람들의 내일은 불투명하고,
나무들은 계획적이다.
정면으로 꽃을 피우지.
나무들은 사방이 정면이야, 아빠.
아빠, 세상의 모든 말들이
실은 하나로 집결되는 눈부신
그 행진에 참가할 날이 내게도 올까.

안녕, 피츠버그 그리고 책

김용택

뿌리가 캄캄한 땅속을 헤집고 뻗어가듯이
달이 행로를 찾아 언 강물을 지나가듯이
비상은 새들의 것,
정돈은 나무가 한다. 혼란 속에 서 있는 나무들은
마치 반성 직전의 시인 같아. 엄마가 그러는데
아빠 머릿속은 평생 복잡할 거래.
머릿속이 복잡해 보이면
아빠의 눈빛은 집중적이래.
아빠,
피츠버그에 사는 언니의 삶은 한권의 책이야.
책이 쓰러지며 내는 소리와
나무가 쓰러질 때 내는 소리는 달라.
공간의 크기와 시간의 길이가 다르거든.
나무가 쓰러지는 소리가
높은 첨탑이 있는 성당의 종소리처럼 슬프게
온 마을에 퍼진다니까.
폭풍을 기다리는
고요와
적막을
견디어내지 못한 시간들이
잎으로 돋아나지 못할 거야.
나는 가지런하게 서서
버스를 기다려야 해.
이국의 하늘, 아빠,
여기는 내 생의 어디쯤일까?

안녕, 피츠버그 그리고 책

김용택

눈물이 나오려고 해.
버스가
영화 속 장면처럼 나를 데리러 왔어.
아빠는, 엄마는, 또 한 차례
또 한 계절의 창가에 꽃 피고 잎 피는 것에 놀라며
하루가 가겠네.
문득문득 딸인 나를 생각할지 몰라. 나는 알아.
엄마의 시간, 아빠의 시간, 그리고 나의 시간,
오빠가 걸어다니는 시간들, 나도 실은 그 속에 있어.
피츠버그에서는 버스가 나무의 물관 속을 지나다니는 물 같이 느려.
피츠버그에 며칠 머문 시간들이
또,
그래.
구름처럼 지나가는
책이 되어.
한장을 넘기면
한장은 접히고
다른 이유가, 다른 이야기가 거기 있었지.
책을 책장에 꽂아둔 것 같은
내 하루가 그렇게 정리되었어.
나는 뉴욕으로 갈 거야.
뉴욕은 터득과 깨달음을 기다리는
막 배달된 책더미 같아.
어디에 이르고, 어디에 닿고, 그리고 절망하는 도시야.

안녕, 피츠버그 그리고 책

김용택

끝이면서 처음이고
처음이면서 끝 같아.
외면과 포기보다 불안과 긴장이 좋아.
선택이 싫어.
아빠, 나는 고민할거야.
불을 밝힌 책장 같은 빌딩들,
방황이 사랑이고, 혼돈이 정돈이라는 걸 나도 알아.
도시의 내장은 석유 냄새가 나.
그래도 나는 씩씩하게 살 거야.
난 어디서든 살 수 있어.
시계초침처럼 떨리는 외로움을 난 보았어.
멀고 먼 하늘의 무심한 얼굴을 보았거든.
비행기 트랩을 오를 거야.
그리고 뉴욕.
인생은 마치 시 같아. 난해한 것들이 정리되고
기껏 정리하고 나면 또 흐트러진다니까. 그렇지만 아빠,
어제의 꿈을 잃어버린 나무같이
바람을 싫어하지는 않을 거야.
내 생각은
멈추었다가 갑자기 달리는 저 푸른 초원의 누떼 같아.
그리고 정리가 되어 아빠 시처럼 한그루 나무가 된다니까.
아빠는 시골에서 도시로 오기까지 반백년이 걸렸지.
난 알아, 아빠가 얼마나 이주를 싫어하는지.
아빠는 언제든지 돌아갈 준비를 하고 있겠지.

안녕, 피츠버그 그리고 책

김용택

감자가 땅을 밀어내고
자기 자리를 차지해가는 그런 긴장과 이완,
그리고 그 크기는 나의 생각이야.
밤 냄새가 무서워 마루를 통통 구르며 뛰어가 아빠 이불속에
시린 발을 밀어넣으면
아빠는 깜짝 놀랐지.
오빠는 오른쪽, 나는 아빠의 왼쪽에 나란히 엎드려
아빠 책을 보았어.
공항으로 가는 버스에 오를 거야.
아빠, 너무 걱정하지 마.
쓰러지는 것들도, 일어서는 것들처럼
다 균형이 있다는 것을 나도 알아가게 될 거야.
아빠, 삶은 마치 하늘 위에서
수면을 가만히 들여다보고 있는 바람 같아.
안녕, 피츠버그.
내 생의 한 페이지를 넘겨준 피츠버그,
그리고 그리운
아빠.

안녕, 피츠버그 그리고 책

김용택

방창 方暢

산벚꽃 흐드러진
저 산에 들어가 꼭꼭 숨어
한 살림 차려 미치게 살다가
푸르름 다 가고 빈 삭정이 되면
하얀 눈 되어
그 산 위에 흩날리고 싶었네

방창

김용택

이 하찮은 가치

11월이다.
텅 빈 들 끝,
산 아래 작은 마을이 있다.
어둠이 온다.
몇 개의 마을을 지나는 동안
지나온 마을보다
다음에 만난 마을이 더 어둡다.
그리고 불빛이 살아나면
눈물이 고이는 산을 본다.
어머니가 있을 테니까. 아버지도 있고,
소들이 외양간에서
마른풀로 만든 소죽을 먹고,
등 시린 잉걸불 속에서 휘파람 소리를 내며
고구마가 익는다.
비가 오려나보다.
차는 빨리도 달린다. 비와
낯선 마을들,
백양나무 흰 몸이
흔들리면서 불 꺼진 차창에 조용히 묻히는
이 저녁
지금 이렇게 아내가 밥 짓는 마을로 돌아가는 길, 나는
아무런 까닭 없이

이 하찮은 가치

김용택

남은 생과 하물며
지나온 삶과 그 어떤 것들에 대한
두려움도 비밀도 없어졌다.
나는 비로소 내 형제와 이웃들과 산비탈을 내려와
마을로 어둑어둑 걸어들어가는 전봇대들과
덧붙일 것 없는 그 모든 것들에게
이렇게 외롭지 않다.
혼자 버스를 타고 집으로 돌아가는
지금의 이 하찮은, 이유가 있을 리 없는
이 무한한 가치로
그리고 모자라지 않으니 남을 리 없는
그 많은 시간들을 새롭게 만들어준, 그리하여
모든 시간들이 훌쩍 지나가버린 나의 사랑이 이렇게
외롭지 않게 되었다.

이 하찮은 가치

김용택

사람들은 왜 모를까

이별은 손끝에 있고
서러움은 먼데서 온다
강 언덕 풀잎들이 돋아나며
아침 햇살에 핏줄이 일어선다
마른 풀잎들은 더 깊이 숨을 쉬고
아침 산그늘 속에
산벚꽃은 피어서 희다
누가 알랴 사람마다
누구도 닿지 않은 고독이 있다는 것을
돌아앉은 산들은 외롭고
마주보는 산은 흰 이마가 서럽다
아픈 데서 피지 않는 꽃이 어디 있으랴
슬픔은 손끝에 닿지만
고통은 천천히 꽃처럼 피어난다
저문 산 아래
쓸쓸히 서 있는 사람아
뒤로 오는 여인이 더 다정하듯이
그리운 것들은 다 산 뒤에 있다
사람들은 왜 모를까 봄이 되면
손에 닿지 않는 것들이 꽃이 된다는 것을

사람들은 왜 모를까

김용택

삶

매미가 운다.
움직이면 덥다.
새벽이면 닭도 운다.
하루가 긴 날이 있고
짧은 날이 있다.
사는 것이 잠깐이다.
사는 일들이 헛짓이다 생각하면,
사는 일들이 하나하나 손꼽아 재미있다.
상처받지 않은 슬픈 영혼들도 있다 하니,
생이 한번뿐인 게 얼마나 다행인가.
숲 속에 웬일이냐, 개망초꽃이다.
때로 너를 생각하는 일이
하루종일이다.
내 곁에 앉은
주름진 네 손을 잡고
한 세월 눈감았으면 하는 생각,
너 아니면 내 삶이 무엇으로 괴롭고
또 무슨 낙이 있을까.
매미가 우는 여름날
새벽이다.
삶에 여한을 두지 않기로 한,
맑은
새벽에도 움직이면 덥다.

삶

김용택

필경 畢竟

번개는
천둥과 벼락을 동시에 데려온다.
한 소절 거문고 줄이
쩡! 끊긴다.
노래는 그렇게
소낙비처럼 새하얀 점멸의 순간을 타고
지상에 뛰어내린다.
보아라! 땅을 차고 달리는
저 무수한
단절과 침묵의 발뒤꿈치들을,
제 몸을 부수며 절정을 넘기는
벼락 속의 번개 같은 손가락질들을,
어둠과 빛, 삶과 죽음의 경계를 넘나드는,
그리하여 마침내
그 모든 경계를 지우는 필경을.
번개가 천둥을 데리고
지상에 내려와
벼락을 때려
생가지를 찢어놓듯이
사랑은
그렇게 왔다 간다. 노래여! 어떻게
내리는 소낙비를 다 잡아 거문고 위에 다 눕히겠느냐.
삶이 그것들을
어찌 다 이기겠느냐.

필 경

김용택

봄날은 간다

진달래

염병헌다 시방, 부끄럽지도 않냐 다 큰 것이 살을 다 내놓고 훤헌 대낮에 낮잠을 자
다니
연분홍 살빛으로 뒤척이는 저 산골짜기
어지러워라 환장허것네
저 산 아래 내가 쓰러져불겠다 시방

찔레꽃

내가 미쳤지 처음으로 사내 욕심이 났느니라
사내 손목을 잡아끌고
초저녁
이슬 달린 풋보리잎을 파랗게 쓰러뜨렸느니라
둥근 달을 보았느니라
달빛 아래 그놈의 찔레꽃, 그 흰빛 때문이었느니라

봄날은 간다

김용택

산나리

인자 부끄럴 것이 없니라
쓴내 단내 다 맛보았다
그러나 때로 사내의 따뜻한 살내가 그리워
산나리꽃처럼 이렇게 새빨간 입술도 칠하고
손톱도 청소해서 붉은 매니큐어도 칠했니라
말 마라
그 세월
덧없다

서리

　꽃도 잎도 다 졌니라 실가지 끝마다 하얗게 서리꽃은 피었다마는, 내 몸은 시방 시리고 춥다 겁나게 춥다 내 생에 봄날은 다 갔니라

시 제목으로 찾아보기

《어쩌면 별들이 너의 슬픔의 가져갈지도 몰라》에 수록된 시의 출처

가톨릭출판사
이해인, 〈민들레의 영토〉, 《민들레의 영토》

문예중앙
안현미, 〈기차표 운동화〉, 《곰곰》

문학동네
나희덕, 〈푸른 밤〉, 《그곳이 멀지 않다》
윤제림, 〈가정식 백반〉, 《그는 걸어서 온다》
이문재, 〈농담〉, 《제국호텔》
이문재, 〈도보순례〉, 《제국호텔》
이정록, 〈서시〉, 《벌레의 집은 아늑하다》

문학세계사
김인육, 〈사랑의 물리학〉, 《잘 가라, 여우》

문학과 지성사
곽효환, 〈그날〉, 《슬픔의 뼈대》
김경미, 〈초승달〉, 《밤의 입국 심사》
김경주, 〈누군가 창문을 조용히 두드리다 간 밤〉, 《나는 이 세상에 없는 계절이다》
송찬호, 〈가을〉, 《고양이가 돌아오는 저녁》
이병률, 〈백 년〉, 《눈사람 여관》
이병률, 〈찬란〉, 《찬란》
이성복, 〈남해 금산〉, 《남해 금산》
정현종, 〈방문객〉, 《광휘의 속삭임》
최승자, 〈담배 한 대 길이의 시간 속을〉, 《쓸쓸해서 머나먼》
최하림, 〈가을, 그리고 겨울〉, 《최하림 시 전집》

시인동네
오민석, 〈먼 행성〉, 《그리운 명륜여인숙》

창비
김사인, 〈조용한 일〉, 《가만히 좋아하는》
김사인, 〈바짝 붙어서다〉, 《어린 당나귀 곁에서》
문태준, 〈강촌에서〉, 《우리들의 마지막 얼굴》
손택수, 〈아내의 이름은 천리향〉, 《목련전차》
이상국, 〈혜화역 4번 출구〉, 《뿔을 적시며》
정끝별, 〈와락〉, 《와락》
함민복, 〈긍정적인 밥〉, 《모든 경계에는 꽃이 핀다》

천년의 시작
강현덕, 〈기도실〉, 《안개는 그 상점 안에서 흘러나왔다》

아무리 유익한 책이라도 그 반은 독자가 만드는 것이다.

볼테르